Birgit Pauls

Tönning Krimis

Krimis ut Tönn

Band 1

Birgit Pauls

Tönning Krimis

Krimis ut Tönn

Band 1

Bibliografische Information der Deutschen Bibliothek

Die Deutsche Bibliothek verzeichnet diese Publikation in der Deutschen Nationalbibliografie; detaillierte bibliografische Daten sind im Internet über http://dnb.ddb.de abrufbar.

ISBN 978-3-7357-6232-0
© Birgit Pauls 2014

Herstellung und Verlag:
BoD – Books on Demand, Norderstedt

Covergestaltung:
Birgit Pauls mit BOD Easy Cover

Foto: Birgit Pauls

Für Rolf, der mich an das von mir fast
vergessene Wort tribeleert erinnerte, als
ich es für eine Geschichte brauchte

För Rolf, de mi dat meist vergeeten
Woort tribeleert weer bipult hett, als ick
dat för een Vertellen brukte

Tönning Krimis / Krimis ut Tönn

Een poor Wöör vörwech........................ 9

Einige Worte vorweg 11

De swatte Kreih................................. 14

Die schwarze Krähe........................... 25

Höllenlüden op Tofting....................... 36

Höllengeläut auf Tofting..................... 44

Oorte wo de Schosen speelen............. 53

   Tönn 53

   De Tönner St. Laurentius Kark 54

   Tofting... 55

   De Bootfohrt................................. 56

Orte der Handlung 57

   Tönning 57

   Die Tönninger St. Laurentius Kirche.. 58

   Tofting... 59

Die Bootfahrt 60

De Autorin 61

Die Autorin 63

Een poor Wöör vörwech

As mien Kompan Adam Aarendt un ick prövten, unse eerste Krimi bi een Verlag ünnertobringen, kreegen wi een gediegen Afsaag: Wi schulln de Oort vun unse Krimi, de in Tönn speelte na een anner Oort, villicht Husum, ännern, dormit de Krimi för de Verlag interessant ward. Se drucken blots Böker, de in een grötere Oort speelen, de tominst een Bookladen hett, in de de Autor Lesungen moken kunn. Nee, dach ick, worum schull ick dat Geschehen vun mien Book in een anner Stadt verlengen, blots wiel jichtenswilke Lüüd meenen, dat dat ni nuch Leesers für Krimis ut Tönn gift. Wi hebbt dat nich dohn un lickers een Verlag funnen, de dat Book Hexenerbschaft rutbröcht hett.

Wenn ick dör Tönn loop, fallen mi masse Schosen in, veele Gebüüde un anner Steeden inspireeren mi. So keem mi de Gedank, mol een poor lüttje Krimis, de in in Tönn speeln, to schrieven. Un dormit de Leesers, de Tönn villicht noch nich kennen, sik beeter an de Steeden von dat

Geschehn torecht finnen, beschriev ick een poor dorvun in een extra Kapitel. Villicht kricht de een or anner mol Jieper, na Tönn to fohrn un sik düsse smucke Stadt antokieken. Tönn is schön, ick leev geern dor.

Ick snack geern Platt, heff düsse Krimis ock eerst op Platt schreven un dorna op Hochdüütsch översett. Denn keem noch de swore Froog: Schall ick dat Book op Platt- oder Hochdüütsch rutbringen, womöglich zwee Böker? Ick neehm denn de Middelwech: beide Spraaken in een Book. Vertellt mi doch, wenn jüm dat gefallt.

Un noch een Wenk: All Minschen un Geschehen in de Vertellen sünd frie erfunnen. Wenn inne Vertellen watt likers levende Minschen oder Doden is, weer dat rein tofällig un nich wullt.

Tönn, inne August 2014

Birgit Pauls

Einige Worte vorweg

Als mein Freund Adam Aarendt und ich nach einem Verlag für unseren ersten Krimi Hexenerbschaft suchten, bekamen wir von einem Verlag eine interessante Absage: Wir sollten unseren Krimi nicht in Tönning, sondern an einem anderen Ort, vielleicht Husum spielen lassen, damit er für den Verlag interessant wird. Der Verlag akzeptiere nur Bücher, die in einem größeren Ort spielen, der zumindest eine Buchhandlung hat, in der der Autor Lesungen veranstalten könnte. Nein, dachte ich, warum soll ich das Geschehen meines Buches in einen anderen Ort verlegen, nur weil es irgendwelche Menschen gibt, die meinen, dass es nicht genügend Leser für Krimis aus Tönning gibt. Wir haben es nicht getan und fanden einen Verlag, der das Buch Hexenerbschaft herausbrachte.

Wenn ich durch Tönning gehe, fallen mir zahlreiche Geschichten ein, viele Gebäude und andere Orte inspirieren mich. So kam ich auf die Idee, einige Kurzkrimis zu schreiben, die in Tönning spielen.

Damit sich die Leser, die Tönning vielleicht noch nicht kennen, besser an den Orte des Geschehens zurecht finden, beschreibe ich einige Orte der Handlung in einem gesonderten Kapitel. Vielleicht bekommt der eine oder andere mal Lust, nach Tönning zu fahren, und sich diese hübsche Stadt anzuschauen. Tönning ist schön, ich lebe gerne hier.

Ich spreche gern Plattdeutsch, habe diese Krimis erst auf Platt geschrieben und dann nach Hochdeutsch übersetzt. Dann kam die schwere Frage: Soll ich sie auf Platt- oder auf Hochdeutsch herausbringen, vielleicht sogar zwei Bücher? Ich wählte den Mittelweg: Plattdeutsch und Hochdeutsch in einem Buch. Geben Sie mir doch bitte eine Rückmeldung, wie Ihnen das gefällt.

Und noch ein Hinweis: Alle Menschen und Geschichten in den Erzählungen sind frei erfunden. Ähnlichkeiten mit lebenden

Menschen oder Toten sind rein zufällig und nicht gewollt.

Tönning, August 2014

Birgit Pauls

De swatte Kreih

De Karkenglock bimmelte. All negen. In fröhere Tieden weer dat dat Teeken ween torüch inne Stadt to gahn, wieldat de Poorten in de Stadtmuur för de Nach dich mockt wurn.

He griente. He weer all binnen. Keen een kunn em de Tour vermasseln. Siet een Week weer he in Tönn.

Als lüttje Buttjer harr he hier leevt, aver nümmers Frünnen funnen. Sien Modder hüste mit em in't Werfthuus und se wurn jümmers scheef ankeeken.

„Ein gefallenes Mädchen" nomten de Lüüd ehr. He harr lang brukt to begriepen watt de Lüdd meenten. Sien Modder weer leddig wesen, as he born wur.

Jümmers wenn he na sien Vadder froogt harr, vertellte se em vun een Kaptein, de ehr mit sömbtein mit op sien Schipp nohm un inne Haven von Sansibar friet harr. De Preester dor kunn ni schrieven, so kunn he de Hochtied ni betügen. Dree

Weeken later harr se een Braten inne Röhr. Bi de nächste Törn na Rotterdam sette de Kaptein ehr inne Haven af, dormit se na Düütschland torüch reisen un dat Kind in een örnliche Sükenhuus entbinnen kunn.

Na sien nächste Reis harr de Kaptein ehr in ein düütsche Kark frien wullt, dormit se endlich een oordige Heiraatsuurkunn kreech. Kort för de Hochtied keem sien Schipp in enn Storm bi Kap Hoorn und soop af mit Mann und Muus. Dor wur dat nix mehr mit den Hochtied.

Dat Geld, dat he ehr jümmers schickt har, gung ock bald toenn. So flütte se mit em na Tönn und leevte von't Poorn pulen. Eelke Sündag schleppte sien Modder em mit to Kark. Sien Modder glöövte sachs, dat de Lüüd ehr ni mehr so scheef ankieken würn, wenn se wieste, dat se en oordige Fru weer, avers dat klappte ni: De Preester preedigte binah jeede Maand över de Sünnen vun Eva, de de Kirls kirre mockte. Dat weer een swoore Sünn für een Frunnsminsch, to een Kirl inne Kist to krabbeln, bevör he ehr friet harr. Un ganz eisch weer denn ein leddige Modder to sien, jüsterment „ein gefallenes Mädchen". He wieste de Gemeinde jümmers, dat he de Schose von de Kaptein un de Hochtied in Sansibar ni glöövte.

Dree Dag vör sien achte Burtsdag töövte de Preester em af, as he vun de School na Huus keem. Sien sünnige Modder harr sik opbummelt. Nu müss he in't Heim wieldat he keen Familie harr. De Preester wur em glieks dorhenn bringen. He weer temli verbiestert, froogte em, ob he bet na de Dodenfier vun sien Modder in de Wahnung blieben kunn.

Dor keek de Preester em ganz bös an un verkloorte em, dat he gau sien Bickbeern packen schull. Lüüd, de sik sülms ümbrochten, dürssen ni mehr inne Kark. De wurn ahn Truerfier un ahn Preester verkleit, bleeven op ewige Tieden in't Höllenfüer.

De nächste Dag weer he all in't Heim inne Harz anne düütsch-düütsche Grenz, wiet wech vun tohuus un vunne See. He froogte sik jümmers werr, ob sien Vadder de Kaptein ni villicht ock een Sipp harr, de em to sik nehmen wüür.

De Tanten in't Heim lachten em ut un vertellten em, dat sien Modder en friee Deern ween weer, de jede Kirl ranleet. De Puffmodder harr ehr rutsmeten, as se een dicke Buuk harr. Un dorto kreech he jedet Mol ein Mors full. Un ock wenn he ni froogte, tribellerten em de anner Kinner de heele Dag.

Avers he nehm sik vör, dat he de swatte Kreih – so nomte he den Preester – in sien Leeven nochmol sehn würr un em denn torüch geven wull, wat de sien Modder andohn harr.

Als he opletzt ut Heim rutkom weer, harr he op't eerste Schipp , dat he funn, anhüürt un weer lang to See fohrt.

Als he öller wurr, markte he, dat dat Vertellen vun den Kaptein ni wohr weer. Avers he weer likers bös op de Preester, wieldat he sien Modder ni holpen harr, as se Hölp bruukte, man jümmers preedigte: „Heff elkeen leev un hölp em wo du kannst." Dat meente he man blots, wenn de Fruuslüüd oordig ünner de Haube bröcht weern. Wenn de Preester ni so gräsig ween weer wur sien Modder noch leeven un he weer ni nich in't Heim komen.

Jichtenswann leeste he in't Keesblatt, dat dor een grote Fier in Tönn plant weer, wo de swatte Kreih ock inlaadet weer un een Gottesdeenst avholen schull. Dorbi wull he de Lüüd an sien Modder erinnern und de Preester dodhaun, dach he sik.

He lusterte na dat Bimmeln vun de Kark und dach bi't Inslopen: „Du swatte Kreih, bald hett dien letzte Stünn slagen."

Lang överlechte he, wodenni he dat anstelln schull. Weer wohl ni so eenfach, een Preester ümme Eck to bringen. Een Püster harr he ni un wuss ock ni, wo de gau herkriegen kunn. Scheeten kunn he ock ni, dat müss he eerst öven.

He kunn em ock mit enn Knief afsteken as een Swien. Blots wodenni kunn he een grote Slachterknief mit inne Kark kriegen ahn dat dat een opfull? Villicht kunn he de swatte Kreih mit een grot Knüppel dod haun? He kunn doch so dohn as wenn he een stiefe Been harr un anne Stock gung. Man he wurr ni mit een Spezeerstock kamen, as ole Lüüd dat dohn. He weer inne Welt rümkamen und dorbi een lüttje beten apart wurn. He harr een Handstock as keen anner: een dicke Eekenknüppel. Dat weer een bannig goote Infall dach he, nu muss he blots noch de passende Knüppel finnen.

He packte sik to Bett un harr dolle Dröhm. De ganze Nach lang massakreerte he den Preester, jümmers werr op een anner Oort und Wies. De nächste Morgen weer he fröh waken, fröhstückte gau un söchte na een passende Knüppel. He harr avers keen Glück. Grote Bööm weern inne Marsch raar. He harr wohl to lang inne Bargen mit veel Holt leevt, dach he.

Na fief Stünnen geev he op. Wor Tied för em, in't Hotel to fohrn un dat Schapptüch antotreken. An düsse Dag weer de Fier inne Kark und de wull he ni versümen. Villicht harr he ja later noch een Idee, wodenning he den Preester inne Höll schicken kunn.

De Kark weer rappelvull und de Lüüd keeken na em. Dat schiente as wenn keeneen wuss, wokeen he weer. He seech een poor oole Fruunslüüd, de em as lüttje Jung tribeleert harrn, avers de schienten em ock ni to kennen.

Dat Gebimmel vun de Glocken hörte op un de Organist speelte de Ingangsmusik. Nu müss de swatte Kreih bald to de Dör rinkamen. All Lüüd keeken nischiri na de Ingang.

Mit Mol hörte he een luude Klötern vun boben, as wenn wat Grotet, Swooret över dat Karkendack rutschte. De Minschen inne Kark keeken all na boben.

Denn weer dat op'n Slag still. Na een Schrecksekunn hörte man vun buten Schrieen un Wehklagen. Wat weer passeert? All bleven inne Kark as fastwussen. Wo weer de Preester?

Denn keem Leven inne Küster. He leep na de Döör, keek kort rut, keem denn witt as een Wand werr torüch inne Kark un jaulte: „De Preester i dod. De Klock hett em oppahlt."

De Lüüd keeken sik verdattert an. Un denn kapeerten de eersten, wat los weer: Een Zeiger vun de Karkenklock weer rünnerfullen, övert Dack rutscht un harr de Preester oppahlt. De weer nu dod un geev keen Mucks mehr vun sik.

He juchte. Nu muss he ni mehr överlengen, wodenni he de Kreih massakreeren kunn. Denn kreech he een verdoriche Schreck. He dors dat ni wiesen, dat he sik freute. Anners dachen de Lüüd noch, dat he anne Klock dreiht harr. He beluurte sik de Lüüd, men dat schiente as wenn keen een wat markt harr.

Na un na gungen de Lüüd ut de Kark rut. Buten weer de Höll los. Een Dutt gröne Minnas stunnen op de Markt un de Gendarmen versöchten de Lüüd vun de Liek aftoholen. Dat weer meist, as wenn de heele Stadt op de Markt op'n Dutt loopen weer.

He wull afhaun, doch denn dach he jüst noch rechtiedig, dat he sachs beter blieben schull, anners wurr he opfallen.

Veer Stünnen later weer he opletzt werr in sein Quarteer. He kunn nu afreisen, sein Opdrach weer utföhrt, men anners as he sik dat dach harr. De leeve Gott meente dat goot mit em.

Dree Maand later bröchte de Postbüddel em een Breev, de in Tönn afstempelt weer. He weer verdattert: Wokeen ut Tönn de em schrieven? Un von wo harr de sien Adress?

He fung an to lesen un weer na de eerste Wöör verbiestert. „Mien leeve Broder" – so fung de Breev an. Wodennig Broder? Sien Modder harr keen anner Blagen, dach he tominst.

„Du erinnerst Di sachs ni an mi. Ick bün tein Johr öller as Du."

Dat weer figelinsch: Tein Johr öller. Dor weer de Modder erst acht as de Broder born wurr. Kunnen so junge Deerns all Kinner kriegen?

He leeste wieder: „Dien Modder kenn ick knapp. Mien Modder schreev bevör se in't Water gung in ehr Afscheedsbreev, dat se nich mehr in Schann leven much nadem Dien Modder ehr de Kirl utspannt harr. Dorüm heff ick Di lüttje Buttjer jümmers so tribeleert.

Later heff ick denn rutfunnen, dat Dien Modder nix dorför kunn. Unse Vadder weer een böse Bambuus. He wull blots Jungfern. Un wenn he de enteehrt un se een dicke Buuk mockt harr, söchte he sik de neegste.

Ick glööv, wie beide hem noch een poor mehr Bröder or Süstern. Avers de sünd ni in Tönn opwussen. De swatte Kreih reiste geern. Un wenn he sien Kegel wietaf vun tohuus in een Heim ünnerbröchte, mockte he all de nächste Jungfer schöne Ogen un meist ok een dicke Buuk."

He stackte un leeste de letzte Satz nochmol. Swatte Kreih?

„Wenn Du machst könen wi uns je mol in een Kroog in dien Neegde dropen. Denn vertell ick Di de Wohrheit över unse Vadder, de vigelinsche Preester.

Wat ik noch seggen wull – ick heef Klockenschooster leernt..."

Die schwarze Krähe

Die Kirchenglocken läuteten. Schon Neun! Vor vielen Jahrhunderten war dies das Zeichen, sich schnell in die Stadt zu begeben, weil die Tore für die Nacht geschlossen wurden.

Er grinste. Er war schon drin und Niemand konnte ihn abhalten von dem, was er vorhatte. Seit einer Woche war er wieder in Tönning. Als kleiner Junge hatte er einige Jahre hier gelebt, aber keine Freunde gefunden. Seine Mutter lebte zusammen mit ihm im Werfthaus und sie wurden von allen schief angesehen.

„Ein gefallenes Mädchen" nannten die Leute seine Mutter. Er hatte lange gebraucht, um zu verstehen, was die Leute damit meinten. Seine Mutter war unverheiratet, als er geboren wurde. Immer wenn er nach seinem Vater fragte, erzählte sie ihm von einem Kapitän, der sie im Alter von siebzehn Jahren auf seinem Schiff mitgenommen und im Hafen von Sansibar geheiratet hatte. Der Pastor dort konnte nicht schreiben und deswegen wurde die Hochzeit nicht beurkundet. Drei Wochen später war sie schwanger. Bei der nächsten Reise nach Rotterdam setzte der Kapitän sie im Hafen ab, damit sie nach Deutschland zurückreisen und ihr Kind in einem ordentlichen Krankenhaus entbinden konnte.

Nach seiner Rückkehr wollte der Kapitän sie in Deutschland noch einmal heiraten, damit sie endlich eine ordentliche Heiratsurkunde bekamen. Kurz vor dem geplanten Hochzeitstermin geriet sein Schiff vor Kap Horn in einen Sturm und ging mit Mann und Maus unter. Es wurde also nichts mehr mit der Hochzeit.

Das Geld, welches er ihr geschickt hatte, war auch bald verbraucht und so zog sie mit ihm nach Tönning und lebte vom Krabbenpulen. An jedem Sonntag schleppte seine Mutter ihn mit in die Kirche. Sie dachte offensichtlich, dass die Leute sie nicht mehr so schief anschauen würden, dass sie damit eine anständige Frau sei. Aber es funktionierte nicht: Der Pastor sprach in seiner Predigt fast jeden

Monat über die Sünden von Eva, die Männer verrückt machte. Eine Frau beging eine schwere Sünde, wenn sie vor der Hochzeit mit einem Mann ins Bett ging. Und die schlimmste Sünde sei, eine ledige Mutter zu sein, eben ein „gefallenes Mädchen". Er vermittelte der Gemeinde dabei auch immer, dass er die Geschichte mit dem Kapitän nicht glaubte.

Drei Tage vor seinem achten Geburtstag wartete der Pastor zuhause auf ihn, als er aus der Schule kam. Seine sündige Mutter habe sich erhängt, nun würde er in ein Kinderheim kommen, weil er keine Familie habe. Er würde ihn gleich dorthin bringen. Der Junge war ziemlich verstört, fragte ihn, ob er nicht bis zur Beerdigung seiner Mutter in der Wohnung bleiben könne.

Der Pastor schaute ihn böse an und machte ihm klar, dass er schnell seine Siebensachen packen solle. Menschen, die sich das Leben nehmen, hätten keinen Anspruch auf ein anständiges Begräbnis in der Kirche. Sie würden ohne

Trauerfeier und ohne Pastor verscharrt werden und schmorten auf ewige Zeiten im Höllenfeuer.

Schon am nächsten Tag war er in einem Kinderheim, an der deutsch-deutschen Grenze mitten im Harz, weit ab von der See.

Er fragte sich immer, ob sein Vater, der Kapitän, vielleicht auch eine Familie habe, die ihn zu sich nehmen würde.

Die Tanten im Heim lachten ihn aus und erzählten ihm, dass seine Mutter eine Nutte gewesen sei, die jeden ran gelassen habe. Die Puffmutter habe sie rausgeworfen, als sie schwanger wurde. Dazu bezog er jedes Mal eine Tracht Prügel. Irgendwann fragte er nicht mehr, aber die anderen Kinder quälten ihn jeden Tag.

Doch er nahm sich vor, dass er die schwarze Krähe – so nannte er den Pastor insgeheim – in seinem Leben wiedersehen und ihm all das zurück geben würde, was er seiner Mutter angetan hatte.

Als er endlich das Heim verlassen konnte, heuerte er auf dem nächsten Schiff an und fuhr viele Jahre zur See.

Als er älter wurde, merkte er, dass die Geschichte vom Kapitän nicht der Wahrheit entsprach. Doch er war trotzdem wütend auf den Pastor, weil dieser seiner Mutter nicht geholfen hatte als sie Hilfe brauchte, aber trotzdem immer predigte: „Liebe deinen Nächsten und helfe ihm wo du kannst." Das galt wohl nur für Frauen, die verheiratet waren, so, wie es sich gehörte. Er wusste genau: Wäre der Pastor nicht so böse gewesen, könnte seine Mutter noch leben und er wäre nie ins Heim gekommen.

Irgendwann las er in der Zeitung, dass eine große Feier in Tönning geplant sei, zu der der alte Pastor auch eingeladen war. Er würde dort einen großen Gottesdienst abhalten. Bei dieser Gelegenheit wollte er die Leute an seine Mutter erinnern und sich an dem Pastor rächen.

Er lauschte dem Läuten der Kirchenglocken und dachte beim Einschlafen: „Du alte schwarze Krähe, bald hat dein letztes Stündlein geschlagen."

Lange überlegte er, wie er seinen Plan in die Tat umsetzen würde. Es war nicht so einfach einen Pastor umzubringen. Eine Pistole besaß er nicht und wusste auch nicht, wo er diese so schnell herbekommen könnte. Schießen konnte er auch nicht, das müsste er dann erst mal üben.

Er könnte ihn auch mit einem Messer wie ein Schwein abstechen, aber wie sollte er ein großes Schlachtermesser in die Kirche schmuggeln, ohne das es auffiel? Vielleicht könnte er die Krähe mit einem Knüppel erschlagen. Er könnte so tun, als ob er ein steifes Bein habe und am Stock gehen. Allerdings würde er keinen normalen Handstock besitzen, wie die alten Leute üblicherweise. Er war viel in der Welt herumgekommen, dabei ein bisschen komisch geworden und besaß einen ganz besonderen Handstock: Einen dicken Eichenast. Er legte sich ins Bett und hatte wilde Träume: Die ganze Nacht lang ermordete er den Pastor, immer wieder auf eine andere Art und Weise. Am nächsten Morgen erwachte er früh, frühstückte schnell und machte sich auf die Suche nach einem passenden Stock. Er hatte aber kein Glück: Große Bäume waren selten in der Marsch. Er hatte wohl zu lange im Gebirge mit viel Wald gelebt, dachte er.

Nach fünf Stunden gab er auf. Es wurde Zeit für ihn ins Hotel zu fahren und sich für die Feier umzuziehen. Heute war die Feier in der Kirche und er wollte sie nicht verpassen. Vielleicht hatte er ja noch eine Idee, wie er die Krähe zur Hölle schicken könne. Die Kirche war sehr voll und die Leute sahen sich nach ihm um. Es schien ihm, als wisse niemand, wer er sei. Er entdeckte ein paar Frauen, die ihn als Jungen gequält hatten, aber auch diese schienen ihn nicht zu erkennen.

Das Glockengeläut endete und der Organist spielte die Eingangsmusik. Jetzt müsste die schwarze Krähe gleich zur Tür hereinkommen. Alle Leute blickten neugierig zum Eingang. Plötzlich hörte er ein lautes Scheppern von oben. Es klang, als ob etwas Großes, Schweres über das Kirchendach rutschte. Die Menschen in der Kirche schauten alle nach oben. Dann war es mit einem Mal still. Nach einer Schrecksekunde hörte man von draußen Schreien und Wehklagen. Was war geschehen? Alle blieben wie angewachsen in der Kirche. Wo war der Pastor?

Dann kam Leben in den Küster. Er lief zur Tür, ging kurz raus. Dann kam er weiß wie eine Wand in die Kirche zurück und sagte mit weinerlicher Stimme: „Der Pastor ist tot, die Uhr hat ihn aufgespießt."

Die Leute schauten sich verwirrt an. Doch dann begriffen die Ersten, was geschehen war: ein Zeiger der Kirchturmuhr war heruntergefallen, über das Dach gerutscht und hatte den Pastor aufgespießt. Dieser war nun mausetot und gab keinen Mucks mehr von sich.

Er jauchzte. Jetzt musste er sich nicht mehr überlegen, wie er die Krähe beiseite schaffen könne. Dann bekam er einen ziemlichen Schrecken. Er durfte nicht zeigen, wie sehr er sich freute. Sonst würden die Leute noch auf die Idee kommen, er hätte die Uhr womöglich manipuliert. Er beobachtete die Leute, aber es schien, dass niemand etwas bemerkt hatte.

Nach und nach verließen die Menschen die Kirche. Draußen war die Hölle los. Viele Streifenwagen standen auf dem Marktplatz. Die Polizisten versuchten, die Menschen von der Leiche fern zuhalten. Es war, als sei die gesamte Stadtbevölkerung auf dem Markt zusammen gekommen.

Er wollte abhauen, doch dann entschied er gerade noch rechtzeitig, dass er besser bleiben und neugierig tun sollte. Anderenfalls würde er auffallen.

Vier Stunden später war er endlich wieder in seinem Quartier. Nun konnte er abreisen. Sein Auftrag war ausgeführt, allerdings anders als er es sich vorgestellt hatte. Der liebe Gott meinte es gut mit ihm.

Drei Monate später erhielt er einen Brief, der in Tönning abgestempelt war. Er war verwirrt: Wer schrieb ihm aus Tönning? Woher hatte derjenige seine Adresse?

Er begann zu lesen und war nach den ersten Worten ziemlich überrascht: „Mein lieber Bruder" – so begann der Brief. Wieso Bruder? Seine Mutter hatte keine anderen Kinder, dachte er zumindest.

„Du erinnerst dich wahrscheinlich nicht an mich. Ich bin zehn Jahre älter als du."

Das war seltsam: Zehn Jahre älter als er. Dann wäre seine Mutter erst acht gewesen, als der Bruder geboren wurde. Konnten so junge Mädchen schon Kinder bekommen?

Er las weiter: „Deine Mutter kenne ich kaum. Meine Mutter schrieb in ihrem Abschiedsbrief bevor sie ins Wasser ging, dass sie nicht mehr in Schande leben wollte, nachdem deine Mutter ihr den Mann ausgespannt hatte. Darum habe ich dich als kleinen Jungen so gequält. Später habe ich dann herausgefunden, dass deine Mutter nichts dafür konnte. Unser Vater war ein böser Filou. Er wollte nur

Jungfrauen. Wenn er sie dann entehrt und geschwängert hatte, suchte er sich bald wieder die Nächste. Ich glaube, dass wir beide noch einige Brüder und Schwestern haben. Aber diese sind nicht in Tönning aufgewachsen. Die schwarze Krähe reiste gerne. Und während er seine Bastarde weit weg von zuhause in einem Heim unterbrachte, machte er schon der nächsten Jungfrau schöne Augen und meist auch einen dicken Bauch."

Er stutzte und las die letzten Worte noch einmal. Schwarze Krähe? „Wenn du magst, können wir uns ja mal bei dir in der Nähe in einer Kneipe treffen. Dann erzähle ich dir die Wahrheit über unseren Vater, den scheinheiligen Pastor.

Und übrigens – ich bin gelernter Uhrmacher..."

Höllenlüden op Tofting

Thies weer splitterschieten giftig. All werr leep em düsse Schnösel över de Wech. Vör dree Maande harr de em sien Fründin Britta utspannt. Een Braschbüddel vun Student mit veel Moneten vun sien Öllern, de de heele Dag den leven Gott een gooten Mann sien leet. Dorvun weer Thies övertüücht. Wat studeerte de noch? Geschicht – nee, Archäologie und Fröhgeschicht nomte he dat.

Meist weer he je in Hamburg, wo Britta middelwiel ock jede vun ehr frien Dage tobröchte. Een Studeerte ut de groote Stadt kunn ehr man mehr beeden as een na Kohstall rückende Buur, harr se Thies verklort, as he weer mol froogte, woneem se eem verlaten harr.

Dorbi rückte je gor ni mehr na Stall. Nu – as he Britta kennenleernt harr, weer he noch Stift op de Melkbedrieft von Jan Hansen ween. He haar dor forts markt, dat he keen Moot op de Viecher harr. He wull veel leever de heele Dag lang op en

Höllenlüden op Tofting

Trecker sitten. Man he funn blots kenn passend Lehrsteed, wieldat sien Tüchnisse ni de besten weern, obschon he inne School twee Ehrenrunnen dreiht harr.

Sien Lehrherr harr gau markt, dat Thies mit Keu nix anne Hoot harr. Jümmers weer muss Thies hörn, dat man de Tiern sinnig und mit Tospruch dorhenn bröchte, wo man se hebben wull, anstatt se to verjackeln. Blöderwies weigerten sik de Beester jümmers denn inne Melkstand to gahn, wenn he allein Deenst harr. Also muss he se rinprügeln, wieldat he ock jichtenswann Fieravend hebben wull. Thies weer ock 'n beten bang vör de Beesters. De weern temli fünsch, wenn he dor weer. Een Koh harr een poor Mol versöcht, eem op de Hörns to nehmen, as he alleen inne Stall weer. Ock verbot Jan eem, bi de Arbeid Musik to hörn. Wegen de Larm würn de Keu sik verfeehrn und sik wegen de dorut entstahende Opregung schlech utmelken laten.

Thies froogte sik worüm Heavy Metal und besünners sien leevste Leed Hells Bells de blöde Keu Stress moken de. He weer jümmers entspannt, wenn he na de Musik lusterte. Utnomen weern de Dage, an de een Koh versöchte em ümtosmieten.

As Gesell har Jan Hansen eem nich wieder instellt. Thies weer froh, wieldat he kort Tied later de för em beste Steed funnen harr: Treckerfohrer in ein Betrieft mit Ackerbu. Keen Ruuch na Kohstall mehr.

Nu harr de Smeerlappen ock noch Semesterferien un lungerte in Tönn rum. Wiedat jüst Hochbetrieft weer, kunn Britta keen Urlaub kriegen, verbröchte avers jede friee Minut mit ehr Niege, sowiet Thies dat sehn kunn. Mit Anroopen kunn he Brita ni mehr kontrolleern. Die Ackersnacker weer em vör dree Dag bi de Arbeid inne Groov fullen. Thies harr em ni weerfunnen. Brittas Nummer weer dorbi tohoop mit de Ackersnacker verloorn gahn, wieldat he de narms opschreeven harr. Thies harr sik middewiel een niee Ackersnacker mit ein Prepaid-Kort köfft. Dorbi harr he een falsche Nom angeeven. Müst je ni jedereen sien Nummer rutkriegen.

Höllenlüden op Tofting

Dat weer to junge Hunnen kriegen: Nun seeten de beiden ock noch in sien leevste Krog un benehmen sik as de Duddelduven. Denn bimmelte de Ackersnacker vun den Smeerlappen. Nee, bimmeln kunn man ni dorto segn... Thies harr oftmals mitkregen, dat de Spinner dormit braschte, Fan vunne FC St. Pauli to ween. Dorbi verstunn de man garnix vun Football. Wiedat de Mannschapp jümmers to Hells Bells in't Stadion inleep, harr he dat to sien Bimmeln mockt. Bräsig töövte de Kirl, bet de Gitar to hörn weer, bevör he ran gung – schulln wohl all marken, dat sien Ackersnacker klingelte.

„Ja, Malte, schöön Dank, ick roop dor glieks an um een Vörspreecken för Britta aftomocken. Nett, dat Du Di dorum kümmert hest."

Wat hörte Thies dor? Söchte Britta sachs een anner Anstellung to villicht sogor na Hamburg to flütten? Un wat för een Baas harr de Smeerlappen för ehr utsöcht?

Nu telefoneerte Britta mit sien Ackersnacker. Schiente, dat se blots den Sabbelkasten kregen har.

„Se kön mi later op den Ackersnacker vun mien Verlöövte torüch open. De Nummer is..."

Froogend keek Britta den Kirl an.

„0174 400 1 400", bölckte he dör de Gegend. „Hett mi veel Möchde kost, een Nummer to kriegen, de man sik licht marken kann."

„0174 400 1 400", schnackte Britta op den Sabbelkasten. „Nochmal: 0174 400 1 400."

Denn smusterte se na den Smeerlappen: „Heest Du Di all överlecht, womit Du Di morgen verlusteeren wullt, wenn ick op de Arbeid bün?"

Sien Gesich weer antosehn, dat em dat ni passte.

„Ick dach, dat Du wenigstens Sünndag mol frie un Tied för mi hest. Övermorgen mutt ick all torüch un mien Huusarbeid schrieven. Mien Prof. hett jichtenswelke oolen Siedlungen hier inne Gegend as Hobby. Elisenhoff un ... wo de anner heet weet ick ni mehr. Avers över de schall ick schrieven."

„Tofting, die Dörpswarft Tofting", see Britta heel opreegt. „Tofting heet de Siedlung, de du meenst. Dor sünd in fröhere Tieden mol Utgroovungen ween, avers hüüt ist dorvon nix mehr to sehn. Dat is ganz in de Neegde, twee Kilometer vun hier wech. Man gut, dat Jan Hansen dor blots enn poor sinnige ortige Keu gräst. De dohn nix un man kann dor rümloopen. Fröher leepen dor jümmers Bullen. Dat weer levensgefährlich för de Lüüd, de dorop leepen, ovschonst Schiller vör de Bullen wohrschauten. Dormit dat dor kenn Haverie gift, hölt Jan dor nu blots noch die sinnigsten Tiern ut sien Bestand. Vör de Keu bruukst Du ni bang to ween. Gah morn mol henn, kiek di dat an und knips dat. Dormit kriegst du sachs een goote Noot för dien Arbeid."

Denn weern de beiden verswunnen.

Anne neegste Dag seech Thies em werr. He schiente wohrhaftig op Britta to hörn. Thies markte, dat de Smeerlappen sik jüst vun Spazeernlöpern een Wechbeschrievung na Tofting holte.

Fix weer de Student bi Tofting ankamen. Veer Swattbunn legen dor in de Schadden vunne hoge Bööme. Sachten gung he op de Warft rop. Die Tiern dreihten traach ehr Köpp na em henn, rögten sik aver ni wieder, sünnern bleven heel un deel still lingen.

Denn bimmelte sien Ackersnacker. Die Tiern tucken tohop, jumpten hoch. As se op em tokemen, segen se ni mehr verdreeglich ut. He weer ni gau nuch, wur ümstööt un peert. Werr un werr versöchte de Anroper em to kriegen, man he kunn de Anrop ni annehmen. Dat letzte, wat he hörte, bevör dat för ewig düster um em rum wurr, weern de Glocken ut de Höll.

Anne neegste Mondag morgen gung Thies as jümmers vör de Arbeit op de Wuchenmarkt. Anne Stand vunne Slachter klönten twee Mannslüüd: „Al traagsch, wat dor güstern passeert is. As de Gendarmen bi Jan Hansen weern, wieldat sien Keu de Student dodtrampelt hem, is he mit veel Geblarr tosamenklappt. He hett to se segt, dat sien Keu op Toftig egens nix ut de Ruh bringen kunn, mol afsehn vunne Musik, de sien Stift jümmers hört hett wenn he se verrumst hett, to se inne Melkstand to kreigen. Man de is ja all siet twee Johr ni mehr bi em..."

Thies haute af vunne Markt. Op de korte Wech to de Sporkass versenkte he sien Ackersnacker in't modderige Water vunne Bootfohrt.

Höllengeläut auf Tofting

Thies war stinksauer. Schon wieder lief ihm dieser Schnösel über den Weg, der ihm vor drei Monaten seine Freundin Britta ausgespannt hatte. Ein großkotziger Student mit viel Kohle von den Eltern ausgestattet, der seine Zeit totschlug. Davon war Thies überzeugt. Was studierte der noch gleich? Geschichte – nee, Archäologie und Frühgeschichte nannte er das.

Meistens war er ja in Hamburg, wo Britta inzwischen auch jeden ihrer freien Tage verbrachte. Ein Akademiker in der Großstadt könne ihr eben mehr bieten, als ein nach Kuhstall riechender Bauer hatte sie ihm gesagt, als er sie wieder einmal fragte, warum sie sich von ihm getrennt habe.

Dabei roch er gar nicht mehr nach Stall. Gut – als er Britta kennen lernte, war er noch Auszubildender im Milchviehbetrieb von Jan Hansen gewesen. Damals hatte er sofort gemerkt, dass er keinen Bock auf Viecher hatte. Er wollte viel lieber den ganzen Tag lang auf einem Schlepper sitzen. Leider fand sich kein passender Ausbildungsplatz, denn seine Zeugnisse waren nicht die besten, obwohl er in der Schule zwei Ehrenrunden drehen musste.

Sein Ausbilder hatte schnell bemerkt, dass Thies Kühe nicht mochte. Immer wieder musste Thies hören, dass man die Tiere mit Ruhe und gutem Zuspruch dazu brachte, sich dorthin zu bewegen, wo man sie haben wollte, statt auf sie einzuprügeln. Blöderweise weigerten sich die Viecher aber immer in den Melkstand zu gehen, wenn Thies allein Dienst hatte. Also musste er sie reinprügeln, denn er wollte irgendwann mal mit der Arbeit fertig werden. Thies hatte auch ein wenig Angst vor den Tieren, sie waren ihm gegenüber aggressiv. Eine Kuh hatte mehrfach versucht, ihn auf die Hörner zu nehmen, als er allein im Stall war.

Außerdem verbot Jan ihm, während der Arbeit Musik zu hören. Der Lärm würde die Kühe erschrecken und sie würden sich unter dem daraus resultierenden Stress schlecht ausmelken lassen.

Thies fragte sich, warum Heavy Metal und insbesondere sein Lieblingssong Hells Bells den blöden Kühen Stress verursachen würde. Er war jedenfalls immer total entspannt, wenn er diese Musik hörte. Ausgenommen die Tage, an denen die eine Kuh versuchte, ihn umzurennen.

Nach Abschluss der Ausbildung hatte ihn Jan Hansen nicht weiter beschäftigt. Thies war froh, nach kurzer Zeit hatte er seinen Traumjob gefunden: Schlepperfahrer in einen Ackerbaubetrieb. Kein Kuhstallgeruch mehr.

Nun hatte dieser Mistkerl Semesterferien und trieb sich in Tönning rum. Da gerade Hochsaison war, konnte Britta keinen Urlaub bekommen, verbrachte aber jede Minuten mit ihrem Neuen, soweit Thies das überschauen konnte. Kontrollanrufe bei Britta konnte er leider nicht mehr machen. Vor drei Tagen war ihm sein Handy beim Arbeiten in einen Graben gefallen und unauffindbar gewesen. Brittas Handynummer war darin gespeichert gewesen und mit dem Handy verloren gegangen, weil er sie nirgendwo aufgeschrieben hatte. Thies hatte sich inzwischen ein neues Handy mit einer Prepaid-Karte unter falschem Namen besorgt. Sollten ja nicht alle seine Nummer rausbekommen können.

Zu allem Überfluss saßen die beiden nun auch noch in seiner Stammkneipe und turtelten vor seiner Nase herum. Dann klingelte das Handy des Typen. Nein, klingeln konnte man das nicht nennen... Thies hatte mehrfach mitbekommen, dass der Typ sich damit brüstete, Fan des FC St. Pauli zu sein, obwohl er offensichtlich nichts vom Fußball verstand. Und da die Mannschaft immer zu Hells Bells ins Stadion einlaufen würde, habe er das zu seinem Klingelton gemacht. Wichtigtuerisch wartete der Typ das Einsetzen der Gitarre ab bevor er ran ging – es sollten wohl alle mitbekommen, dass sein Handy klingelte.

„Ja, Malte, danke, ich ruf da gleich an, um einen Vorstellungstermin für Britta zu vereinbaren. Lieb, dass du dich darum gekümmert hast."

Was hört Thies da? Suchte Britta etwa einen anderen Job, um möglicherweise sogar nach Hamburg zu ziehen? Und was für einen Arbeitgeber hatte der Typ wohl ausgesucht?

Nun telefonierte Britta mit seinem Handy. Scheinbar hatte sie nur die Mailbox erwischt.

„Sie können mich auf dem Handy meines Verlobten zurückrufen. Die Nummer ist…"

Fragend sah Britta den Typen an.

„0174 400 1 400", tönte seine Stimme durch den Raum. „Hat mich viel Mühe gekostet, eine Nummer zu bekommen, die man sich merken kann."

„0174 400 1 400", sprach Britta auf die Mailbox. „Ich wiederhole: 0174 400 1 400."

Höllengeläut auf Tofting

Dann lächelte sie den Typen wieder an: „Hast du dir schon überlegt, wie du dir morgen die Zeit vertreiben willst, wenn ich arbeite?"

Seinem Gesicht war anzusehen, dass es ihm nicht passte.

„Ich dachte, du hast wenigstens am Sonntag mal frei und Zeit für mich. Übermorgen muss ich schon zurück und meine Hausarbeit schreiben. Mein Prof. hat irgendwelche alten Siedlungen hier in der Gegend als Hobby. Elisenhof und … wie die andere heißt weiß ich nicht mehr. Aber über die soll ich schreiben."

„Tofting, die Dorfwarft Tofting", sagte Britta aufgeregt. „Tofting heißt die Siedlung, die du meinst. Da haben früher mal Ausgrabungen stattgefunden, heute ist von den Ausgrabungen aber nichts mehr zu sehen. Es ist ganz in der Nähe, zwei Kilometer von hier entfernt. Zum Glück hat Jan Hansen dort nur ein paar ruhige Kühe zum Gräsen. Die tun nichts und man kann das Gelände ruhig betreten. Früher liefen da immer Bullen. Das war lebensgefährlich für die Leute, die trotz der Warnschilder auf die Warft gegangen sind. Um Unfälle zu verhindern hält Jan da jetzt nur noch die friedlichsten Tiere aus seinem Bestand. Vor den Kühen brauchst Du keine Angst zu haben. Geh doch morgen mal hin, schau es Dir an und mach Fotos. Damit bekommst Du bestimmt eine gute Note für die Arbeit."

Dann waren die beiden verschwunden.

Am nächsten Tag sah Thies ihn schon wieder. Er schien tatsächlich auf Britta zu hören. Thies bemerkte, dass der Typ sich gerade von Spaziergängern eine Wegbeschreibung nach Tofting besorgte.

Schnell hatte der Student Tofting erreicht. Vier Schwarzbunte lagen da im Schatten der hohen Bäume. Vorsichtig betrat er das Gelände. Die Tiere wandten ihm träge ihre Köpfe zu, bewegten sich aber nicht weiter, sondern blieben völlig entspannt liegen.

Beruhigt ging er näher an die Tiere heran, sah sich um. Es schien sie nicht zu stören, dass er zwischen ihnen herumlief, sie blieben liegen.

Dann klingelte sein Handy. Die Tiere zuckten zusammen, sprangen auf. Als sie auf ihn zukamen, machten sie keinen friedlichen Eindruck mehr auf ihn. Er war nicht schnell genug, wurde umgestoßen und getreten. Wieder und wieder versuchte der Anrufer ihn zu erreichen, aber er schaffte es nicht den Anruf anzunehmen. Das Letzte, was er hörte, bevor es für immer dunkel um ihn herum wurde, waren die Glocken aus der Hölle.

Am darauf folgenden Montagmorgen ging Thies wie immer vor der Arbeit auf den Wochenmarkt. Beim Stand des Schlachters unterhielten sich zwei Männer: „Schon tragisch, was da gestern passiert ist. Als die Polizei bei Jan Hansen war, weil seine Kühe den Studenten tot getrampelt haben, soll der dann weinend zusammengebrochen sein. Er hat ihnen gesagt, dass seine Kühe auf Tofting eigentlich nichts aus der Ruhe bringen konnte, außer vielleicht die Musik, die sein Lehrling immer gehört hat, wenn er auf sie eingeprügelt hat, um sie in den Melkstand zu bekommen. Aber der ist ja schon seit zwei Jahren nicht mehr bei ihm..."

Thies verließ den Markt. Auf dem kurzen Weg zur Sparkasse versenkte er sein Handy im schlammigen Wasser der Bootfahrt.

Oorte wo de Schosen speelen

Tönn

1187 wurr de Tönningharde dat eerste Mol in een Uurkunn nennt. Dat Stadtrecht kreegen de Tönner 1590. De lüttje Stadt weer in fröhere Tieden de Kreisstadt vun Eiderstedt (bet 1970, denn wurr Eiderstedt Deel vunne niege Kreis Nordfreesland).

1580 – 1583 buuten de Gottorper Hartöge dat Tönner Slot, dat nu blots noch as Model ut Holt existeert.

Inne Tieden vunne Kontinentalsperre weer Tönn en grandessig Haven, de heele Woren för Hamburg wurrn in Tönn anlandet un över Land na Hamburg bröcht.

Dat geev sogor mol ein regelmäßig bedeente Schippsroute vun Tönn na Australien: de Tönning-Australien-Linie GmbH vun de Reeder Friedrich Loesener-Sloman.

De Tönner Marktplatz is meern inne Stadt, glieks bi de Kark. Bi de Havenvergrötterung 1613 wurr de utkleite Eer op de Markt opschüttet un de Marktbrunnen, een vun de raare Kunstbrunnen in Sleswig-Holsteen but. Wuchenmarkt is jümmers Mondag vun Klock acht bet Klock twölf.

De Tönner St. Laurentius Kark

1186 wurr de erste Kark buut und jümmers werr vergröötert. Vun de eerste Bu sind noch Deele vun de Nordernwand erholen bleven.

1700 wurrn Kark und Turm in de Nordische Krieg ramponeert, een poor Kanonenkugel ut de Tied stecken noch hüüt in de Muern.

Kark un Turm wurn heelmakt, de Tall 1706 anne Turm wiest dat Datum.

Hüdigendags is de Turm mit 62 m de tweethöchste Karkturm in Südsleswig. Op jede Sied vunne Turm is een Klock, de ock vun mehrere Kilometer wiet wech afleest warn kann.

Tofting

De Warft Tofting is neeg be Tönn, hört in hütige Tieden avers to Oldenwort. Um 100 na Christus waahnten dor all Lüüd, dormols leep de Eider noch direkt anne Warft lang.

1949 – 1953 makte de Prähistoriker Albert Bantelmann dor Utgraavungen. He funn dorbi ock Gerippen vun Huuskatten ut de Tied twüschen 100 und 600 na Chirstus. Dat sünd de öllsten, de man in Sleswig-Holsteen funnen hett.

Bet ungefähr 1960 (Ganz genau weet de Autorin da nich, de is eerst 1963 boorn, kenn avers een poor öllere Lüüd, de von de Hoff op Toting vertellen. Wenn een wat Genaueres weet, vertell ehr geern dorvun.) weer de Warft noch bewohnt, nu ist dat blots noch Grasland mit oole Boombestand.

De Bootfohrt

In frühere Tieden weern de Spoorn in Eiderstedt inne Harvst, in't Fröhjohr un ock in warme, natte Winters reine Mudd. Dor weer keen Dörkomen für Peerd un Wogen.

De Bootfahrt (egens Norderbootfohrt) is een Kanal, de vun de Tönner Haven över Kotzenbüll, Swatthoff und Kleihörn na Tetenbüll geiht un twüschen 1611 un 1613 buut wurr. De Staller Caspar Hoyer plante dat mit een Bumeister ut Holland, kunn dat avers to Levtieden ni mehr fertig kriegen. Dat Wark wurr vun sein Söhn Hermann Hoyer beendet. Minschenmöglich wurr de Bu dör de Erfinnung vun de Schuuffkoor dör de Holländer Johann Clausen-Kothen, de de Hartog Johan Adolf för de Bu vunne Kanal anworben harr.

Op de Bootsfohrt wurrn Boote treidelt, so dat man de Woren dat ganze Johr över dör dat Land transporteeren kunn.

Orte der Handlung

Tönning

1187 wurde die Tönningharte erstmalig urkundlich erwähnt. Das Stadtrecht erhielten die Tönninger 1590. Früher war die kleine Stadt Kreisstadt des Kreises Eiderstedt (bis 1970, dann wurde Eiderstedt Teil des neuen Kreises Nordfriesland).

1580 – 1583 bauten die Gottorper Herzöge das Tönninger Schloss, des heute nur noch als kleines Modell aus Holz existiert.

Zu den Zeiten der Kontinentalsperre war Tönning ein bedeutender Hafen. Die ganzen Waren für Hamburg wurden in Tönning angelandet und über Land nach Hamburg gebracht.

Es gab sogar einmal Schifflinie von Tönning nach Australien, die regelmäßig verkehrte, die Tönning-Australien-Linie GmbH des Reeders Friedrich Loesener-Sloman.

Der Tönninger Marktplatz befindet sich mitten in der Stadt, direkt bei der Kirche. Bei der Hafenerweiterung 1613 wurde die ausgehobene Erde auf dem Marktplatz aufgeschüttet und der Marktbrunnen gebaut, einer der seltenen Kunstbrunnen in Schleswig-Holstein. Wochenmarkt ist immer am Montag von 8:00 bis 12:00 Uhr.

Die Tönninger St. Laurentius Kirche

1186 wurde die erste Kirche gebaut und immer wieder vergrößert. Vom ersten Bau sind noch Teile der Nordwand erhalten geblieben.

1700 wurden Kirche und Turm im Nordischen Krieg stark beschädigt. Kanonenkugeln aus dieser Zeit stecken noch heute in den Mauern.

Kirche und Turm wurden wieder repariert, die Zahl 1706 zeigt das Datum der Reparaturen.

Heute ist der Turm mit seinen 62 m Höhe der zweithöchste Kirchturm in Südschleswig. Auf jeder Seite des Kirchturms befindet sich eine Uhr, die auch aus mehreren Kilometern Entfernung abgelesen werden kann.

Tofting

Die Warft Tofting liegt in der Nähe von Tönning, gehört aber zu Oldenswort. Um 100 vor Christus war sie bereits besiedelt, damals führte die Eider noch direkt an der Warft vorbei.

1949 – 1953 nahm der Prähistoriker Albert Bantelmann dort Ausgrabungen vor. Er fand dabei auch Skelette von Hauskatzen aus der Zeit zwischen 100 und 600 nach Christus, die ältesten, die man bislang in Schleswig-Holstein gefunden hat.

Bis ungefähr 1960 (Ganz genau weiß die Autorin das nicht, denn sie wurde erst 1963 geboren, kennt aber einige ältere Leute, die ihr vom Hof auf Tofting erzählt haben. Wenn jemand Genaueres weiß, wäre es schön, wenn er ihr davon erzählt.) war die Warft bewohnt, heute ist es nur noch Grasland mit altem Baumbestand.

Die Bootfahrt

Früher bestanden die Wege Eiderstedts im Herbst, Frühjahr und in warmen, nassen Wintern aus reinem Schlamm. Es gab kein Durchkommen für Pferd und Wagen.

Die Bootfahrt (eigentlich Norderbootfahrt) ist ein zwischen 1611 und 1613 gebauter Kanal, der vom Tönninger Hafen über Kotzenbüll, Schwarzhof und Kleihörn nach Tetenbüll führt. Der Staller Caspar Hoyer plante den Kanal zusammen mit einem Baumeister aus Holland, konnte ihn aber zu seinen Lebzeiten nicht mehr fertig stellen. Das Werk wurde von seinem Sohn Herrmann Hoyer beendet. Möglich wurde der Bau durch die Erfindung der Schiebkarre durch den Holländer Johann Clausen-Kothen, den der Herzog Johan Adolf für den Bau des Kanals angeworben hatte.

Auf der Bootsfahrt wurden Boote getreidelt, so dass man das ganze Jahr Lang Waren durch das Land transportieren konnte.

De Autorin

Birgit Pauls is in Tönn und Kotzenbüll opwussen. Mit achtein Johr gung se 1982 glieks na de School nach Hannover to dor Mathematik to studeern.

Ehr Öllern snackten Hochdüütsch mit ehr, wiedat de Schoolmeisters dat ni geern harrn, wenn Kinner platt snacken un se geern ock mol piesacken.

Dickkopp, de se jümmers weer, bröchte Birgit ehr Grotmodder Mine mit fief dorto, ehr plattdüütsch bitopulen. So leernte se dat Angeliter Platt vun ehr Modders Siet.

Se schnackte ock ni mit jedem Platt. Lüüd, de se nich lieden kunn, verkloorte se manigmol op Hochdüütsch, dat se Platt blots mit de Lüüd snacken deit, de se geern hett.

Lange Tied harr se knapp Gelegenheit Platt to snacken. 2006 keem se na Tönn torüch und funn leeve Lüüd, de ehr de wenig provte Sprock un veele meist vergeten Wöör werr bipulten. Schön Dank an

Kuddel, Harry, Sönke, Berta-Marie, Elke un Rolf!

2009 schreev se ehrn eersten lüttjen Krimi „Wiedersehen mit einer Traumfrau". De schall inne neegste Weeken op Platt överstett warn und tohop mit „De Halligmörder" in een lüttje Book bi de Candela Verlag rutkomen.

To de glieke Tied schreev se mit een Kumpan ut Swaben een ganze Krimi. Dorbi waagte se dat eerste Mol, een poor Passagen vun dat Book op Platt to schrieven. Lilly und Paul - Hexenerbschaft wurr 2013 von een Verlag ut Schwaben rutbröcht. Vör Wiehnachten schall dat Book ock heel un deel up Platt druckt warn.

De E-Mail Adress vun de Autorin is info@birgitpauls.de

Die Autorin

Birgit Pauls ist in Tönning und Kotzenbüll aufgewachsem. Im Alter von 18 Jahren zog sie nach dem Abitur nach Hannover, um dort Mathematik zu studieren.

Ihre Eltern sprachen Hochdeutsch mit ihr. Die Lehrer mochten es nicht, wenn die Kinder plattdeutsch sprachen und schikanierten sie auch gern mal.

Stur wie sie immer war, brachte Birgit Ihre Oma Mine mit fünf Jahren dazu, ihr plattdeutsch beizubringen. So lernte sie das Angeliter Platt von der Familie ihrer Mutter.

Sie sprach nicht mit jedem Platt. Menschen, die sie nicht leiden konnte, machte sie manches Mal auf Hochdeutsch klar, dass sie nur mit den Leuten, die sie mag, Plattdeutsch spricht.

Lange Zeit hatte sie kaum Gelegenheit, Platt zu sprechen. 2006 kam sie nach Tönning zurück und fand nette Menschen, die ihr die selten geübte Sprache und viele fast vergessene Worte wieder beibrachten. Vielen Dank an Kuddel, Harry, Sönke, Berta-Marie, Elke und Rolf!

2009 schrieb sie ihren ersten Kurzkrimi „Wiedersehen mit einer Traumfrau". Dieser Krimi wird in den nächsten Wochen auf Plattdeutsch übersetzt und soll zusammen mit dem Kurzkrimi „Halligmörder" als kleines Büchlein im Candela-Verlag erscheinen.

Zur selben Zeit schrieb sie zusammen mit einem Freund einen Kriminalroman. Dabei traute sie sich zum ersten Mal, ein paar Passagen auf Plattdeutsch zu schreiben. „Lilly und Paul – Hexenerbschaft" erschien 2013 in einem schwäbischen Verlag. Vor Weihnachten soll dieses Buch noch als plattdeutsche Version erscheinen.

E-Mail Adresse der Autorin:
info@birgitpauls.de